KB248474

달 아래 관음

달 아래 관음

초판 1쇄 2011년 10월 24일
지은이 이숙례
펴낸이 김영재
펴낸곳 책만드는집

주소 서울 마포구 합정동 428-49번지 4층 (121-887)
전화 3142-1585·6
팩스 336-8908
전자우편 chaekjip@naver.com
출판등록 1994년 1월 13일 제10-927호
ⓒ 이숙례, 2011

ISBN 978-89-7944-376-9 (04810)
ISBN 978-89-7944-354-7 (세트)

이숙례 시집

책 만 드 는 집
시인선 013

달아래 관음

책만드는집

동시조집을 포함해 일곱 번째 시조집을 엮는다.
시조는 내게 아직 어렵게 다가오지만
시조에서 참 많은 가르침과 깨달음을 얻는다.

우리가 접하는 현실 세계에서의
감추어진 진실, 뒤바뀐 정의, 숨겨진 아름다움을 찾아
시적 경험으로 재구성하려 애쓰는 과정에서
작가의 마음도 저절로 다듬어지고
닦일 수밖에 없기 때문이 아닌가 한다.

고통 속에 오는 이 느꺼움에 감사하며
자연 속의 행복한 어린 시절을 지켜주신
조부모님과 부모님께 이 시집을 바친다.

—2011년 10월
이숙례

| 차례 |

4부

1부

하루의 강

새벽녘 잠든 도시 깨워가며 흐르는 강
가슴을 풀어 헤쳐 진 데 마른 데 짚어간다
오늘도 잔가시 박힌, 절반의 그늘 햇살 들까

푸르게 출렁이는 물, 도도히 흐르지만
우수기 누수처럼 잡힐 듯 잡히지 않는
임시직 헐렁한 자리 찬바람만 드난살이다

단내 나는 속울음 삭여둔 기슭마다
반만 채운 하루해가 젖은 낮달 말리면
세워둔 바지랑대 끝 꿈 한 가닥 매단다

달 아래 관음

달 아래 관음이 긴 깁실을 잣고 있다

천 년 가까이 자아도 다 못 짠 베틀에 앉아

하이얀 손등 살점이 조금씩 헐어간다

길 너머 이팝나무 꽃 하얗게 떨어지는

이 봄날 가슴 언저리 꽃 울음이 밀려온다

내 안도 무명無明 실타래 잣는 물레 하나 돌아간다

아직도 손 닿지 못한 부끄러운 흠결들

볕살 속의 먼지처럼 다 흩어지이다

흙처럼 낮아지려고 머리를 땅에 대본다

푸른 독대獨對*

비 묻어 몰려오는 불온한 구름에도
하루도 어긋남 없이 경 읊고 길을 열어
깊어진 묵란 향기로 마주한 푸른 눈썹

곧은 결 가지마다 시리도록 입힌 먹물
뿌리째 흔든 야욕 하늘로 장계狀啓 올려
앞섶이 풀린 민초들 타는 가슴 식히던 날

새 노래 들려올까 서성이는 낮달에게
속엣것 다 우려내 일필휘지 시문詩文 띄운
서슬도 검푸른 붓끝 또, 천 년 묵향 머금는다

* 합천군 가회면 소재 870여 년 된 보호수로 둘레 5여 미터, 높이 43미터
의 우람한 느티나무이며, 바로 옆 선비들이 공부하던 서당이 아직 남아
있다.

돌절구와 수련

이끼에 덮인 옛일 한숨처럼 새 나오는

친정집 빈 뜰 한켠 낡은 돌절구 하나

구석진 적막의 그늘 휘감고 앉아 있다

해와 달 스친 만큼 몸 닳아 얽어진 몸

그 오랜 시간에도 옛 흔적은 남아

돌확에 빗물 고이는 푸른 생각 깊더니

흰 떡쌀 빻던 절구, 쌓인 고독 비우려

떡쌀 대신 흙을 받아 새 생명 키우는 기쁨

저 심연深淵 하늘 보란 듯, 수련 피워 올린다

저녁 숲에 들다

노을을 품을수록 더 짙은 숲의 고요

금빛 손 흔들며 뭇 생명 불러들여

키 작은 눈물도 안아 슬하에 재워두고

돌아온 나이테의 지문 닳은 꿈들에는

먼 산사 쇠북 소리에 얇은 귀 담금질로

풀릴 듯 얽힌 미로에 별빛 문양 선연하다

서로 더 사랑하려 팔 길게 내밀다가

달빛 가릴 풀꽃 생각에 잔가지 솎아내는

수심이 깊은 저녁 숲, 새 떼들도 날아든다

역류를 탄다, 연어

며칠 밤 고향으로 돌아가는 꿈을 꾸는
저 멀리 보일 듯 말 듯 내 몸속 긴 강줄기
시작된 길이 부른다, 발끝을 간질인다

돌아보면 바다와 강 소용돌이 접점에서
유년의 반짝이던 은빛 비늘 헐거워도
뼛속에 새긴 꿈 따라 가파른 길 솟구쳐 올라

고향 쪽 돌아눕던 강 노을이 붉게 탄다
다 닳은 목숨의 지문, 모천母川에 흘러들어
찬란한 절명의 산란産卵, 불립문자不立文字 몸 허문다

주전자섬*

오마지 않던 손님 오늘은 오시는
수평선 바다 저쪽 바람이 일고 있다
파도는 찻물 끓이려 바삐 몸을 일으키고

밤을 새운 기다림에 가슴 뛰는 주전자섬
지쳐 닿은 사람들 젖은 맘 말려주려
누구든 내민 잔마다 팔팔 끓인 찻물 따른다

주전자섬 찻물은 언제든 끓고 있다는
등불 켜 든 태종대 앞 파도가 전해준 전갈
덤으로 훈훈한 마파람까지 끼얹어 드린다며……

* 태종대 앞바다에 있는 주전자 모양의 작은 섬.

곡선의 손을 읽다 1

곧은 길 굽은 길을 천천히 걷다 보면

위로만 바라보며
고개 든 나무들과

폭풍우 흙을 움켜잡고 비스듬 기운 나무를 본다

짊어진 세상 근심 우산으로 받쳐주듯

구겨진 흠결마다
낮게 귀 기울이다

등 굽은 나무 안으로 검게 박힌 옹이들

곡선의 손을 읽다 2

큰길보다 조붓한 오솔길을 찾아들어

숲을 향해 열린 아침, 이슬 내린 달개비꽃
바랭이 강아지풀 우거진 풀밭을 지나
바쁘게 가다 놓칠 뻔한 벼랑 끝 붉은 단풍
재잘대는 강자갈 소리 귓등 뒤로 넘기며
어머니 오지항아리 샘물 긷던 황톳길로
숨겨진 여백을 찾아 자연의 맥박 소리 들리는

곡선의 손을 읽는다, 지친 등을 다독이는……

섣달 보름

한 줌의 섣달 햇살 쥐었다 거둔 자작나무

잔가지 휘어질 듯 걸려 있는 보름달이

뿜어낸 달빛 주파수 섬 하나에 접속된다

가슴 밑 불협화음 소리 없이 허물어

서산에 걸려 있는 위태한 난간을 잡고

마감에 쫓기는 생의 야윈 어깨 감싸는 달빛

하루를 내려놓고 저 달 바라보노라면

뉘 몰래 참고 삼킨 눈물 어려 보이고

먼 길을 돌아오느라 부은 발소리 들린다

수각* 앞에서

청량산 하늘 자락 차밭으로 기울어 와
흘러내린 한 방울 물도 천지의 입김 서려

뜬구름 가라앉힌 찻물,
헝클린 마음 여민다

한 움큼 먹거리도 만인의 노고 담긴
쌀 채소 정히 씻어 밥 지어 올릴 동안
깎고 또 깎이는 돌확, 원을 향한 오체투지

낮추고 또 낮추어
원융무애 달뜨는 밤

몸 닳은 그만큼 더 커진 맘 둥글게 채운
발 씻는 허드레 탕은 생불들의 해탈 터

* 선암사가 있는 청량산에서 흘러내린 물로 채운 돌확 네 개. 찻물, 쌀, 채
  소·과일, 마지막 탕은 손발을 씻는 돌확이다.

사라진 후

보름 전 읽던 책이 흔적조차 없어졌다
물밀듯 밀려오는 신간들 위세에 눌려
구석에 시나브로 밀려 꼬리를 감추었나

가만히 들여다보면 우리 삶의 그림에도
마음 끈 놓아버리면 멀어지거나 사라져가
있을 땐 모르겠더니 없으니 더 아쉽듯……

고로쇠 수액

대지에 젖이 돌아 온 산이 웅성대면
고샅길 접어들수록 물소리 환하다
풋풋한 어머니 내음 잡힐 듯 싸아하다

달빛을 맑게 우린 투명한 가지마다
푸르게 눈을 뜨려 달아오른 물관부
훈훈한 사월 바람에 물질이 한창이다

어느 날 선 칼날에 속절없이 베이며
가녀린 한 자존이 무너져 내리는 순간
그 눈물 꿈에서 깨어나는 마지막 자진모리

바다 목소리

동해 먼 바다가 고래 떼로 밀려오며
칠흑 속 가슴 열어 파도 노래 부른다
제 몸속 무수히 깃든
새 생명들
키우는 소리

소리로 얻은 병은 소리로 치유하듯
뒹구는 소음들은 썰물 소리로 지워가며
파도로
숨을 고르며
별을 부르는 바다 목소리

달맞이 언덕에서

해풍에 운을 띄운 달맞이 언덕 시낭송은

크고 작은 돗바늘로 헐은 상처, 꿰맨 흔적

햇살에 헹궈내어도 접힌 선이 또렷하다

아픔들 들추어낸 구김살 생의 무늬

여리고 깊은 목소리 감성의 고물 입혀

시 속에 닫혔던 문이 스르르 열려오면

눈을 뜬 시어들에 윤을 내고 닦는 날

삶을 우린 깊은 맛 산물보다 맑고 차

시들한 일상의 뜰에 반짝! 물기가 돈다

빙어 수석

물속이 너무 맑아 몸속까지 환한 빙어

큰 강도 무지갯빛, 내 세상인 양 헤엄치다

드리운 미늘에 걸려

다 버리고 가야 할 길

고요히 드리우는 보랏빛 이별의 예감

끝끝내 감추어둔 어룽진 눈물 자국

뼈아픈 어탁을 찍듯

단단하게 굳어가

바람과 물결 사이 풍화된 삶의 문양

그대로 몸 누이고 가닿은 적막 끝에

불길 속 묵언 수행 중

방생되어 돌에 들다

사방연속무늬

푸른 샘물 채우지 못한 물독 하나 있었네

돌아서 흐르는 강가 무수히 허문 잔해

바람 끝
뒤돌아보면
서녁 하늘 해 기울 듯

안으로 채운 샘물 길어 올려 붓는 날

못 채운 빈 물독 소리만 요란하다

들끓던
고운 무늬들
안개 속에 묻히고

길 위를 서성이며 뜸 들이는 바람 소리

꿈 밖에 다닥다닥 초록 눈 돋을수록

그득히
물독 채우는 소리
창 너머 안개 걷힌다

나직한 음성
—어머니께

민요창 부르시는 아흔 살 저 할머니
삼십 년 거스르면 울 어머니 겹쳐 뜬다
젊어서 환하게 피운 흰 부용꽃 한 송이

진여고 반공일날 엄마 옆에 누운 그 밤
자는 척 눈 감아도 어둠 가른 모녀 사이
말없이 내 손을 잡아 손끝 오래 저릿하던

가만히 들릴 듯 말 듯 혼잣말 낮은 목소리
"혼자 먼 타지에서 얼마나 고생할꼬"
에미 산 먹뻐꾸기 소리, 산을 흠뻑 적셨다

2부

금산 너럭바위

저 멀리 바다 위에 섬 띄우고 정좌하면

해풍은 수런수런 낮은 목소리로 다가와

가슴에

누르는 돌 하나

내려놓고 가란다

밤비

갓 피운
도라지꽃

빗줄기에 젖는 밤

몸보다
가슴 먼저
현을 튕겨 우는 가락

보랏빛

환한 노래의

귀밑머리 풀어낸다

늦가을 풍경

낙엽은 온몸으로 새처럼 날고 싶어

반공半空에 깃을 펼쳐 절벽 끝 몸 날린다

하늘은
파랗게 질려

손을
놓아
버리고

입동 무렵

태풍 맞아 멍이 든
까치밥
붉은 홍시

닥쳐온
입동 추위에
깟 깟 깟
불 켜는
까치

구름 속
잠자던 동천冬天이 눈떠
푸른 물
가득 뿌린다

단풍 들기

철없이
할 말, 안 할 말
구슬 굴리던 목소리

이젠

잘게
금이 가서
껄끄러운 쇳소리

슬픔에
기쁨을 버무려

얼큰하게
단풍 들기

선암 홍매

번다한 눈을 피해 뒤란에 선 고매古梅

날 새운 님 만나려 저리 봄길 서두르나

얼마나 깊은 연이면

육

　백

　　년

　　　너머 붉히나

사랑은 기다림인가, 천 년도 더 넘을

해마다 도지는 역병, 눈 속 깊이 맺힌 가시

그 붉은 사랑에 데어

하
　　　　르
　　　　　　르
　　　　　　　소신공양

산방 일기

1
산방의 사립문에 가을이 깊어졌다

말없이 손님 맞으며 수고가 많았던 듯

또 한철
여닫는 길목
삐걱대는 슬관절

2
거울을 만든다고 기왓장을 가는* 대신

뼈로 선 늙은 나무 옷 갈아입는 비탈

한 소식
금 긋는 낙엽에
소스라쳐

깨는

고요

길닦음의 노래

먹구름 모여들던 서라벌 후원 한켠
그날의 수유須臾가 지금의 영원이 된
천 년도 지나 이어온
희디흰 바이러스

해와 달을 사르고
흰 꽃잎 받쳐 든다
떠도는 혼돈의 맥박, 댓잎 이슬로 잠재워
칼끝에 튀는 불꽃은
이 지상
길닦음이다

빛과 그늘

어제의 밝음이

오늘의 그늘이 되고

그 그늘 깊어갈수록

다른 빛의 디딤돌 되어

떠도는

한 섬을 일으켜

등대 세워 길 밝힌다

강과 산은

캄캄한 밤을 지펴 솔가지 달 오르면
숨 가쁘게 긴긴 하루, 모로 누운 쪽방 동네

마른 목
입술 적시려
밤새워 흐르는 강

서로의 살을 부벼 온기 찾는 산동네
외발로 설 수 없어 서로 기댄 지붕과 지붕

그늘진
꽃도 피우려
뜬눈으로 지새우는 산

개화

속눈썹 걷어 올려 뒤척이는 물굽이 너머

이른 아침 주파수가 꽃눈에 초점 맞춰

한철 내 감긴 매듭을 서둘러 풀고 있다

한 떼의 뜬소문에 돌이 깨지고 산이 울었다

아픈 상처 아물기까지 흙 고르고 꽃씨 뿌려

울음을 말갛게 삭힌 꽃자리 이리 눈부셔

해운대 물안개 꽃은

1

달맞이 언덕 위에 피어오른 안개꽃은

꽃받침 큰길 위에 꽃 이파리 아파트들

너와 나 경계 허물어 어울림의 꽃 한 송이

2

한 아름 안개꽃이 동백섬을 에워싸서

최치원을 감추고 동백꽃을 가리어도

햇살이 눈뜰 때까지 누리마루* 꽃대 세운다

* 해운대 동백섬에 있는 APEC이 열렸던 아름다운 둥근 원형 집.

젊은 바다, 애월

애월읍 앞바다가
흰 파도 흩날려도

싱싱한 젊음으로 치켜뜬 푸른 눈빛

길길이
튀어 올라와
치맛자락 막 흔들데

해마다 제주 귤밭 귤 맛 달콤한 것은

코끝 스치는 귤 향
바람처럼 애무하는

무시로
흔들리는 저
애월 바다 호기심 때문

달 下

여릿한 솔숲 길을 구불구불 흘러들어
허공 짚던 두 발은 숨은 땅 다다른다

수유須臾와
영원의 차이

의미 없다,
여기선……

길 찾아 헤매다가 길 밖을 떠돌던 날
상처 깊은 목숨들 하나둘 모여들어

뜨겁게
겨누던 칼끝,

달 아래
고요해진다

얼룩을 닦다가

신문을 들춰 보다 언뜻 헛것이 보인다

가면 속 네 의혹의 깊이를 잴 수 없어

따뜻한 물 한 잔으로 우선, 마른 목을 축인다

수북한 이면지로 숨어든 잡음들 속

헐렁한 틈을 보아 끼어드는 잿빛 감언甘言들

갓 맑아 물너울 지던 저 하늘마저 흐릴라

빛의 속살

몇 광년 달려오느라
핏물 흥건한 누선淚腺의

그 빛살
눈물 파먹고 환생한 뭇 생명들

오늘도
빛의 알갱이, 녹즙을 들이켠다

이제 막 머리 내민
산비탈 제비꽃 무리

휘우듬
햇살 한 채 보랏빛으로 달려가

그렁한
눈물 머금어 어둠 밀고 고개 든다

만월滿月까지

잎 떨군 가지 위로 달 하나 불러놓고
꽃눈 터진 가슴 열고 품은 비의秘意 꺼내 든다
불타는 내일을 겨눈 손끝이 떨려온다

내 마음 꿰뚫어 보는 저 맑은 현의 울림
얼어붙은 푸른 동공 그대로 녹아내려
먼 길도 어둠도 삼킨 누대의 숨결 다듬는다

몇 바퀴 휘돌아 와 새살 차는 둥근 목숨
비바람에 모를 깎고 담금질로 윤을 내며
무수히 발등을 찍어, 보름달 하나 띄운다

마음눈 뜨기

노숙의 찬바람 속 까만 밤 부어 내려

비명에 떨어져 나간 길 밖의 깃을 줍는

축축한 저녁 종소리,

닦아내는 밤이슬

그림자 꽃물 들이려 서둘러 깨운 새벽

빛의 뿌리 밝히려 고개 든 산, 깊어진 강물

소리 뼈 훤히 보일 때까지

표백하는 마음눈

3부

초충도

빛을 향해 기어가던 애벌레 한 마리

가도 가도 냉기뿐인 흙바닥을 굴러서

못 여문 꿈의 껍데기 허공으로 채우다

날이 선 예각을 가까스로 빠져나와

초록 그늘 이불 삼아 앙가슴 별빛 당기며

주름진 나이테의 시간, 깊은 죄 허물 벗다

차가운 바깥에서 따뜻한 내면으로

굽은 등 달빛에 쬐어 찾아낸 암호문으로

초충도 저 그림 속에 날갯짓 화려하다

하늘 외등

샘물 길어 나르느라 등이 휜 하현달이

가난한 부뚜막에 살을 깎아 빚은 송편

둑방 길 꽃향기 들고 동네마다 나른다

문고리 거는 소리에 산을 넘어가는 고요

길 없는 암흑 세상 더듬이로 읽을 동안

때로는 눈을 감을 때 열려오는 길이 있다

어둠도 지쳤는지 가부좌 풀린 하늘

초고층 모서리를 끌고 가는 배 한 척

낮에도 외등을 켜고 은하수를 건넌다

소금 빛 몽유도원도
-기장 황학대*

우듬지 잡고 흔드는 그 뿌리 더듬으면
오래전 내뱉은 어둠 썩지 않고 휘어져
모래톱 흰 거품 물며 파도치는 날도 있다

직선의 푸른 날刀에 유배 온 별자리가
먼 길을 외로 돌아 수평선 가로누워
모서리 허문 가슴 선 달 하나 밀어 올려

새 날고 배 띄우려 품을 여는 새벽 바다
낯익은 황학대 너머 고기 잡는 어부들의
소금 빛 몽유도원도, 들려오는 어부사시사

* 부산 기장군 죽성리에 있는 경관이 빼어난 곳으로 윤선도가 7년간의 긴
 유배 생활을 한 곳.

막사발 이도차완

저 산 흙, 계곡물은 이 땅의 피와 살
그 피와 살을 이겨 티 없는 몸을 빚어
고려 숲 지켜본 자리 태어난 천목 막사발

조선의 도공 함께 유폐당한 이도차완*
백매화 핀 굽 둘레 흰옷의 백성 닮아
무욕의 흙 발우 맨살, 남도 완창이 들릴 듯

우리가 낳았건만 남의 손에 길들여져
한땐 일본 무사들의 입 축였을 저 명기名器
그 입술 닿을 때마다 뼈아픈 실금이 졌을……

* 일본 국보로 지정된 조선의 막사발 찻잔 '기자에몬이도喜左衛門井戸'.

풀들의 항변

쓸데없는 잡풀이라 함부로 멸시 마세요
초식동물 키워내며
두루 눈을 시원케 해
폭우가 할퀸 상처도 씻은 듯이 꿰맵니다

한여름 지열 낮춰 무더위 막아주려
누구보다 부지런히
녹음 만들어가는데
어쩌다 손 내민다고 짓밟으면 아파요

하 그리 밟혀봐서 여간해선 눕지 않아
넘어지면 오뚝이처럼 금세 잘 일어나서
더 좋은
먹거리 위해
옥비沃肥* 공양도 올린다오

* 좋은 거름.

개화몽 1
-아라홍연*

어둠의 무게를 인 순장의 긴 시간
흙 속에 묻힌 언약 비상의 꿈만 꾸다

적막의
날에 베어져
발톱 물러진 시간들

지나간 사람들의 그림자만 자욱한
몇천 년 잊혀졌던 한 하늘을 기억해

발소리 숨을 죽이며
안으로만
붉히다

뜨거운 땀방울로 색색 조각 덧댄 지상
승천 못 한 백치 울음 시간의 벽 허물어

스스로 살을 찢으며
깨어나는
아라홍연*

개화몽 2
-꽃 피는 바다

가지런한 해조음 어둔 밤 빗장 열어
잘 벼린 아침 해가 숨차 오른 바닷길로
네 맘이
내 맘 일으켜
건너가는 중이다

긴 길 위에 서서 안개 속을 돌아본다
아래로 내려 보면 허물뿐인 오지랖이
수평선
눈 들어 보면
꽃이 되는 눈부처들

한 손 위에 살며시 다른 한 손 포개질 때
삶은 짜여 이어지고 또 다른 삶이 이어져
꿈꾸는
내일의 얼레
당겼다 놓는 구속과 자유

여름 폭우

까치발 망을 보며 일탈을 꿈꾸는 날
어디선가 이쪽 향해 파발마 오는 기척
다급한 말발굽 소리, 진흙탕 끼얹으며

수없는 유리 줄로 사방을 둘러쳐서
죄목은 말도 않고 위리안치 시킨다
한 발도 나가지 못하게 흙이 튀도록 못을 친다

낮인데 깜깜해온다, 나뭇잎도 수런거린다
검푸른 눈 치켜뜨고 기개 높던 소나무도
순순히 머리 드리운 채 하늘 하명 기다린다

울지 마, 톤즈

-이태석 신부

창궐하는 병마들에 꿈마저 사라져간
긴 밤 지새고 나면 절벽 같은 아침이 오는
열사熱砂 속 창궐한 상처 몸 일으켜준 손길

흙빛이 되어가는 뼈마디 뭉개진 손발
"사랑해 당신을" 수없이 불러가며
진물을 닦아가던 손, 잠을 잊은 시간들

밤낮 없는 정성에도 불러올린 하늘의 뜻
건너지 못한 바다 끌어안고 눕는 날도
검은 땅 해맑은 눈 속, 꽃이 되어 웃고 있다

봄, 옷을 벗다

가려운 데 긁어줄까, 봄 마려운 산과 들
허리끈 푼 바람에 물 그늘 일렁이듯
연분홍
천기누설에
신열 나는 진달래

기왓골 쌓인 먼지 그 틈에 이끼 돋아
풀씨 내린 자리에도 이미 그늘 기울어
기운 축
바로잡으려
부풀어 오른 흙 가슴

무성한 잎 소문들 앉았다 떠난 자리
빈 산 짚어 내리며 맥을 짚는 햇살들
성장통
상처를 꿰맬
푸른 힘줄 당긴다

빈 그림자

-황룡사 절터

시간의 굴레 벗어나 해탈에 든 절터에

높고 낮은 다툼 없이 키 높이를 접었다

아무도 짐 지우지 않는 여기, 그늘 없앤 지 오래다

우람한 장륙존상도 잠시 잠든 후원 저쪽
애타는 도천수대비가* 불빛처럼 새 나오는
세월에 야윈 이름들만 드문드문 놓여 있다

피안과 차안 사이 발걸음 붐빈 이곳

서라벌 떠받치던 구층목탑 그루터기

눈 코 입 다 문드러져도 가슴 아직 뛰고 있다

* 신라의 여인 희명이 관세음보살 앞에 나아가 눈먼 아기 개안開眼을 빌며
부른 노래.

별

낯에도 밤에도 별은 늘 빛나는데
깜깜한 밤에만 반짝이는 줄만 알았다
내게서 너무나 멀리 떨어진 줄만 알았지

낮에만 쬐어주는 햇살과는 달리
어둔 날도 머리 위를 비추는 저 별빛은
흐린 날 비 오는 날도 우릴 향해 손 내밀어

물질로 켜를 채워 가끔 눈먼 이 색계
버려진 시간들의 접힌 깃 바로 세워
잠자는 여백 깨우려, 가물한 별빛 당긴다

들길을 걷다

여름내 담갔다 꺼낸 인화지 먼 풍경

갈수록 길은 좁아 주저앉은 하늘가에

억새꽃 발길 멈추고 막힌 혈을 따 내린다

시야의 폭을 넓힌 언덕 위 빨간 지붕 위

강 쪽으로 몸을 기운 소나무 푸른 가지

목청에 힘이 실리어 백 리 벌을 다스린다

아침을 부른다, 아치섬*

작아서 바다가 놓친 한 섬을 데리고 와
살갑게 등을 서로 밀어 올리는 파도들이
맨 먼저 아침을 맞아 마음 저리 설레는데

안개가 걷히면 아치섬도 날아갈까
매일 창을 붙들고 가까이 줌을 당긴다
품은 뜻 작아도 단단한, 광풍에도 끄떡없을……

저 푸른 실핏줄에 장밋빛 링거를 놓아
어둠 속에 보이지 않던 속울음 행로까지
그늘을 거두며 간다, 지친 등을 두드리며

처음부터 모든 걸 다 이루는 건 아니라고
더 큰 걸음을 위해 잠시 몸을 움츠릴 뿐
작아도 드넓은 태평양 다 내다보이는 섬

* 영도 앞바다에 있는 작은 섬.

보리숭늉

먼 등불
가물가물
마른 빈속 휘젓는 날

어둠 살라 대궁 올린 개망초 땀방울들
노을 녘 굽은 등짝에 소금꽃 피어난다

이 땅 그늘
기워가는
두툼한 목소리들

목마른 일용직에 보리 밥알 겹쳐 뜨는
어둑발 내린 바람길, 눈빛만은 형형하다

오래된 어둠

-방공호

저물녘 대숲 위로 적 비행기 낮게 뜨자

어른들은 몇 날 며칠 뒤란 흙 파내셨다

흙보다 더 붉은 목숨, 깊은 굴에 숨기려……

총소리 쏟아붓던 남루한 유월의 밤

엄마가 나를 업고 방공호로 뛰던 눈앞

세워둔 떡판도 놀라 엎어지던 뒤란 어둠

개미굴 미로 따라 굴속의 굴에 닿아

할머닌 우리들을 가마니 위에 누이시고

벼랑 끝 내몰린 목숨, 어둠 뚫고 지키셨다

먼 빛, 줌을 당기다

- 뒤란

인동초꽃 하얗게 핀 크고 작은 장독 사이

어머니 흰 앞치마 서걱이며 오가는 동안

덧니 난 수줍은 언니와 삐비풀 질겅 깨물던 뒤란

- 앞마당

비질한 마당 위에 밤새 감꽃 떨어져

우윳빛 은하수 별 깔아놓는 첫새벽

일찍 깬 아이들 목에 별 목걸이 걸었다

－할아버지

상투에 동곳 찌르고 쇠죽 끓이시던 저녁답

마실 갔던 나를 맞아 "네 뉘 집 딸이던고?"

주름진 얼굴 가득히 눈웃음 소리 들린다

－숨바꼭질

어린 날 꼭꼭 숨겨주던 뒤란 큰 소나무

논다고 까칠한 나를, 금방 알아차리고는

수풀 밑 돌 틈에 숨긴 석청 먹고 가란 손짓

용주폭포

마음에 맺힌 매듭 죄다 풀지 못한 날

한 모금 구름 머금고 곱씹어 입속 굴리다

하얗게 소리 지른다

천지가 멍하도록……

흘러온 산빛 물빛 비단 필 풀어 내려

발 닿기 전 피어올라 오금 저린 들찔레꽃

혼인색 은피라미 떼

튀는 햇살 따라 튄다

새벽 숲 투명한 물관 굽은 길 돌아 나와

산을 들어 올리는 단심가丹心歌 서리 한 대목

그 절창 가득 품어 와

흘림체로

써 내린다

비우기

불현듯 날 선 돌산, 푸른 하늘 상처 내어

빗물이 뚝뚝 흘러 옷 흠뻑 젖는 날

한 순간 찍힌 화인火印에

불붙어 태운 종이 새

어느 날 탄 재 위로 햇살무리 모여들어

재가 된 마음 밭에 야생화 천지로 피었네

바람에 실려 온 라일락 향기,

잿빛 서랍을 비운다

4부

도심 속의 별빛은

빈 하루 등에 메고 종일 달려온 햇살

긴 얘기 풀어내려 하루 치의 시를 쓰다

그 하루
끝을 찍으며
손 거두는 저 낙조

맨발로 뛴 발자국 엉긴 핏줄 선명하다

어둠도 빛이란 걸 눈 뜨는 가슴마다

가로등
불빛 사이로
별들은 점멸한다

바느질하는 여인

커다란 방 가운데 조각 헝겊 펼쳐놓고

사방 무늬 귀 맞추며 바늘땀을 놓는다

그 옛날 어머니 모습 한방 가득 놓인다

빽빽한 홈질로 날렵한 저 손끝에

땀땀이 놓여지는 어머니 풋풋한 체취

자식의 입성 가리던 애틋한 눈빛이다

사각사각 가위 소리 실밥 지나가는 소리

키 작은 엄지손가락 지문이 다 닳도록

반듯한 내일을 그려, 올올 누벼 새운 밤

가던 길 잠시 멈추고
-겨울 낙엽

이별가 한 대목에 목이 메인 하늘가

날빛에도 드문드문 구름장을 펼치더니

연리지 언약을 살라 이 삼동三冬을 견딘다

긴 시간 깍지 낀 손 이제 풀어야 할 때

떨리는 눈썹 끝에 펼쳐지는 파노라마

단단히 묶어두었던 널, 소리 없이 날려 보낸다

목젖 아래 사려 넣은 밉고 고운 무늬들

손거울 속 꺼내어 눈으로만 매만지다

산기슭 그 눈빛 묻고 고개 하나 넘는다

망댕이* 가마

길 하나 보채다 여는 하늘 재 옛길 입구

반쯤은 뿌리 뽑힌 바람 소리 들려오는

한 덩이 헝클어진 흙 꿈꾸는 연꽃 문 푼주**

첫 불을 당겨 붙여 정성스레 제祭 올려도

숲 위를 스치던 별, 꽃불을 훔쳐 갈까

흙과 물 바람의 결속, 불의 제전을 지킨다

흙 안에 숨긴 어둠 불의 혀로 환히 밝혀

오래 빚어 올리며 어렵사리 피운 연꽃

불러도 날아오른 학, 그릇을 받쳐 든다

* 1843년 문경 개설 가마로, 그릇을 굽는 가마의 벌어진 틈을 막기 위해 만
  든 원추형 흙덩이.
** 입이 넓고 아래가 점차 좁혀진, 연꽃무늬와 학이 새겨진 큰 사발.

담자사* 죽솥

천 년 넘어 교감해온 나무와 돌, 기와지붕
억 년 산 병풍 아래 몸 낮춰 엎딘 절집
한순간 눈 안에 들어 발밑에 불이 난다

가로 삼 미터 세로 이 미터 담자사 죽솥에는
지어온 업연業緣 따라 구름처럼 몰려온
구도求道에 배고픈 허기 함께 저어 끓였으리

육친 곁을 떠나온 지 오래된 가사장삼
끼얹는 연기 탓인 양 눈물 찔끔 흘리며
눈앞에 어리는 고향, 소맷자락 훔쳤으리

* 중국 북경 서쪽에 있는 천년 고찰.

느티나무

무서운 천둥 우레 맨몸으로 받아 견딘
저 깊은 우주 말씀 백 년 넘어 새겨 넣은
부대낀 세월 보인다, 우둘툴한 저 몸뚱이

흉터 다 드러낸 채 한자리 묶인 생애
휘젓는 칼바람도 익숙히 견딜 즈음
입 닫고 참아온 내력 조심스레 문 열어

곁가지 불평불만 가차 없이 도려내곤
할 말만 다 꺼내 든 연둣빛 시어들로
잎마다 부르는 노래, 푸른 탑 우뚝 선다

하얀 기다림
-〈메디슨카운티의 다리〉에서

시침時針을 잘못 보고 한나절 불이 탄다
속눈썹 파르르 떨면 햇살도 안쓰러워
발밑을 기어 올라와 이마 주름 밟고 간다

초조한 생각의 끈 당겼다 놓았다가
기다리는 한숨도 들뜨다 잦아들다
그 모습 비울 때까지 괭한 눈만 깊어가

이미 가고 안 와도 보내지 못한 잔영殘影
한뎃잠 든 고갯길엔 다북쑥만 오소소 떨고
기다림 하얗게 삭아 그리움도 말 더듬네

단골손님

고목古木과 깊은 정情은 오랜 관성에 길들여져
박힌 자리 뽑아내는 손끝 힘을 줄수록

자리를 뜨지 않으려
안간힘으로 버티는데

흐르는 저 구름에 귀가 얇아졌는지
하나둘 단골손님 신식 탕으로 자리 뜬다

입구의 손잡이들이
자꾸 덜컹거릴수록……

땀이 밴 노동자와 밤을 새운 손님 맞으려
새벽부터 뿜어내는 구식 탕 굴뚝 연기는

오늘도 느릿느릿하게
북촌 자락을 넘는다

홀로서기

참빗이 지나가듯 햇살 기어 내리는 손등

굴참나무 한 잎 한 잎 나뭇잎 떨구고 있다

숲길도

저 멀리까지

흰해오는 늦가을

바닥에 서걱이는 나뭇잎 소리들은

잎 다 져 외로워도 홀로 잘 견디라며

나무, 잎

서로 주고받는

아름다운 속삭임

나무와 새와 별

꿈꾸는 물푸레나무,
네게 다가서면
내 눈도 꿈꾸듯 파아란 하늘에 젖어
연모는 깊어만 가고 너는, 저만치 봄을 걸었네

호올로 긴 머리 늘이며 외로울 제
멀리서 손 흔들며 말없이 다가와
물푸레, 너는 그 여름 나와 함께 푸르러갔지

이제 네 붉은 잎잎 뜨거운 가슴으로
목메이듯 긴 노래 불러도 좋으련만
고뇌의 흔적 떨구며
홀로 서는 너를 본다

고단한 머리 위에 흰 눈이 내리면
눈 맞추던 파랑새가 아직도 기다릴까
저무는 노을빛으로
별 헤던 창가에 선다

봄 바다

- 갈매기 환송제

먼 수평 건져 올려 아침을 쪼아대는
소금기 털어낸 부리, 싱싱한 원시어로
머리채 흔드는 파도 아픔의 깊이로 울다

한곳에 안주할 때 기름 낀 삶의 주름
먹가슴 쏟아낼 곳으로 달려가고 싶을 뿐
느슨한 날갯죽지를 다부지게 조여본다

자맥질 오르내린 이 아늑한 바닷가
유실된 이름들을 하나하나 떠올리며
구름에 젖은 생각들 별빛에 말려도 보며

천형의 무게에도 알 굴리던 둥지 두고
수만 리 저 먼 길, 허공 속에 날아야 할
그 섭리 나침반 따라 푸른 물살 차오른다

우리 곁에 온 길

―혜초의 『왕오천축국전』*

자욱한 모래바람 노 저어 온 천산북로
깡마른 몸집 위에 한 눈빛이 깨어난다
둔황의 장경각 문이 숨비 소리로 열리는 날

시작도 끝도 없는 회귀선 사막 저편
바람이 일고 있다, 옷소매 펄럭이며
만행에 만덕을 닦아 시공 뛰어넘는가

탐험의 돛을 올려 돌아본 오천축국
흙먼지 어지러운 발길 닿는 곳마다
깨달음 깊은 여울목, 어리는 계림 하늘

허기를 잠재우며 등짐에 꾸린 경전은
길 위에서 길을 찾는 대자유 깨침의 노래
눈을 뜬 오천팔백구십석 자, 말문을 트고 있다

* 혜초가 723년부터 727년까지 인도 다섯 천축국과 페르시아, 중앙아시아
  등 서역 지방을 기행하고 작성한 여행기로 잠깐 서울에서 전시했다.

숲

가지 많아도 그늘 없는 나무는 없는가

저 거목 그늘 지우려 팔도 뻗어보지만

잔가지 이는 바람에 더 커지는 그림자

꿈틀거리는 욕망은 하늘로만 향하다가

뿌리와 멀어진 만큼 검게 박힌 옹이들

곁가지 불어난 만큼 햇살 가린 걸 알까

곁을 두지 않고 오도송 읊는 아름 나무

얼굴 맞대며 나누는 야생화 웃음 들릴까

오가는 들꽃 향기에 닫힌 맘 열리는 걸 알까

보길도 편지

섬과 섬 사이에서
오랜 편지 꺼낸다
몇백 년 전 잠든 혼을
불러 펼친 손안에
또르르
말린 시詩 공간
묵직하게 얹힌다

안개 속 잠겼다 뜨는
섬마다 어촌 집들
고산의 어부사시사
파도 함께 들려오고
우리 시
맑혀 앉힌 섬,
하늘땅 빚은 그대로……

한시漢詩 속 한글 시 표기,

새 길트기 쉽지 않은

견회요 우후요부터

오우가 한 줄 한 줄

씨 뿌린

칠십 수 시조*는

사위지 않는 별이다

가을 마중

가을을 마중하러 바다와 손을 잡고
보일 듯 말 듯 흔들리며 능선을 달린다

쏴―아아
억새꽃 닿은 귓불
새삼
낯설음이여

내 미간 스쳐 지난, 해와 달의 흔적들
여기에 와 부려놓고 멈칫 뒤를 돌아본다

짐 지워
허리 굽혀온
먼 길 새삼 구불하다

앞섶 헤치는 갈바람이 북소리로 들려오면
환히 열린 길은 어서 오라 손짓한다

건네준
바다 손안엔
파도 소리 잠언집

서로에게

산은 저 혼자 높고
강은 저 혼자 깊다가

낮은 곳을 흐르는 강과 위로만 보던 산이

아무도 모르게 서로
지친 어깨를 기대다

해 질 녘 외톨이 돌봐 발목 저린 저 산과

마른 목 축이느라 숨이 차는 도시의 강

구름 속 날아오르려 덧문 반쯤 열어둔다

수원지 소요逍遙

호수를 보기 위해 밀린 일 두고 와서

마음까지 스산해져 뒤가 돌아뵈는 날

수원지 드넓고 푸르게 가슴 풀어 헤친다

우듬지 오래 버려 밝은 눈 흐려져 와

바람과 호수와 숲, 무문無門을 여닫는 경계

내 안의 깊은 늪 위로 어슴푸레 안개 걷힌다

그윽함의 깊이와 품위의 시조미학

김일연 시인

　시는 감성과 사유의 결합체이다. 여기에 순정한 정신의 높은 품위까지 느껴볼 수 있는 시라면 이것이야말로 정신의 문화를 받들어온 우리나라, 그 우리나라의 시인 시조의 덕목이 되어야 마땅하지 않을까 하는 생각이 든 것은 이숙례 제7시집 『달 아래 관음』의 원고를 읽고 나서였다. 특히 작품 「달 아래 관음」은 부드러운 감성과 그윽한 사유가 솔기 없는 깁처럼 한 덩어리로 녹아 흐르는 위에 차분하고 겸허한 품성을 얹은 품위의 시였다.

섬세한 부드러움의 파장

달 아래 관음이 긴 깁실을 잣고 있다

천 년 가까이 자아도 다 못 짠 베틀에 앉아

하이얀 손등 살점이 조금씩 헐어간다

길 너머 이팝나무 꽃 하얗게 떨어지는

이 봄날 가슴 언저리 꽃 울음이 밀려온다

내 안도 무명無明 실타래 잣는 물레 하나 돌아간다

아직도 손 닿지 못한 부끄러운 흠결들

볕살 속의 먼지처럼 다 흩어지이다

흙처럼 낮아지려고 머리를 땅에 대본다
―「달 아래 관음」 전문

작년 가을 국립중앙박물관에서 열린 〈고려불화전—칠백 년 만의 해후〉에서 「수월관음도」를 비롯한 여러 관음도를 보았다. 「수월관음도」의 관음은 서 있는 관음이었지만 「달 아래 관음」처럼 앉아 있는 관음도 있었다. 모든 것이 아래로 흐르고 있었다. 아래로 흐르는 슬픔을 머금은 눈길, 어깨에서부터 아래로 흐르는 투명한 옷자락, 아래로 흐르는 버드나무 가지를 쥐고 있는 아래로 흐르는 손가락 들은 모두 관음의 마음이 아래로 흐르고 있다는 것을 말해주고 있었다. 그 아래에는 선재동자가 관음을 우러르고 있었는데 시인 역시 선재동자가 되어 관음을 우러르고 있는 것인가.

시인이 보는 관음은 달빛 아래 긴 깁실을 잣고 있다. 〈고려불화전〉에는 부제로 '칠백 년 만의 해후'라 했으니 그토록 아름답고 세계 역사상 추종을 불허하는 출중한 불화가 세상에 태어나기까지는 그보다 더 오랜 천 년의 시간도 오히려 짧았으리. 그때부터 지금까지 관음은 천 년을 자아도 다 못 짠 베틀에 앉아 있다. 영원을 자아도 다 못 짤 베틀일시 분명한데 얼마나 정성을 다한 것인지 관음의 "하이얀" 손등 살점이 조금씩 헐어간다. 관음의 손은 정말 하이얄 정도로 희었고 오랜 세월에 비단은 낡아 떨어져 나가고 농담이 은은한 채색은 빛이 바래고 있었다.

그런 관음을 바라보던 시인의 눈은 길 너머 이팝나무에게 잠시 머문다. 마침 이팝나무 꽃이 하얗게 떨어지고 있다. 하얗게 떨어지고 있는 꽃들은 "꽃 울음"이 되어 짧아 서러울 봄의 "가슴 언저리"로 밀려온다. 그 봄의 가슴 언저리는 시인의 가슴 언저리에 다름 아니고 꽃 울음과 함께 시인의 시선은 나의 내부로 향한다. 첫 수는 관음의 이야기이고 둘째 수와 셋째 수는 나의 이야기인데 이 꽃 울음은 관음에 대하여 상처받기 쉬우며 사라져가는 것으로의 나의 주체를 드러내는 매개물인 것이다. 나를 들여다보는 내 눈은 내 안에도 나만의 물레 하나 돌아가는 것을 발견한다. 관음이 잣는 것은 깁실이지만 인간인 내가 잣는 것은 빛 없는 "무명無明 실타래"이다.

내가 잣는 그 무명의 실타래에는 "아직도 손 닿지 못한 부끄러운 흠결들"이 있어 나는 "볕살 속의 먼지처럼 다 흩어지이다"라고 염원한다. 그리고 가장 낮은 곳으로 머리를 조아린다. 아니, 시인의 흙처럼 낮아지려는 마음은 그러나 비굴하지 않다. 흙처럼 낮아지는 이 시 어디에도 조아림의 비굴이란 없으며 다만 "머리를 땅에 대"는 겸허한 마음만이 있을 뿐이다.

이 시조는 먼 바다에서 여린 물결의 파장이 생겨나 밀려오면서 점점 큰 물결이 되듯이 섬세하고 잔잔한 부드러움 속에서 시작된 감성의 파동이 점점 그 파장을 일으키며 깊은 감동을 선사하고 있다. 이러한 맑고 순정한 시인의 사유가 닿아가는 고요한 정밀의 깊이는 그윽함의 깊이라고 할 만한 것이다. 얕은 깊이도 있고 심연, 블랙홀 같은 바닥없는 깊이도 있으나 가랑비에 어느새 촉촉이 젖어드는 듯한, 고요히 스미는 마음의 빛과 같은 그윽함의 깊이가 이숙례 시조의 깊이가 아닌가 한다.

또한 이러한 그윽함은 이 시조의 유려한 시적 표현에도 힘입고 있다. 시어의 선택, 표현의 기술과 같은 스타일에서도 시의 품위는 결정된다. 첫 수의 종장 첫 구인 "하이얀"은 언뜻 '하얀'의 고육지책인가 생각될 수도 있겠지만 이 "하이얀"은 일부러 찾아 쓴 듯 이 시조의 분위기와 절묘하게 잘 어울리고 있다. 또한 "꽃 울음", "이 봄날 가슴 언저리", "볕살 속의 먼지처럼 다 흩어지이다" 등과 같은 시어들이 풀어놓는 이완의 분위기는 내면의 겸허한 성찰과 더불어 관음의 배후에 있는 달빛처럼 은은한 빛이 되어 이 시조의 바탕에서 우러나온다. 한 장을 한 연으로, 수와 수 사이에는 충분한 휴지를 둔 것도 깊고 느린 시상의 흐름을 온몸으로 느끼며 따라가게 하는 유려한 효과를 자아내고 있다.

몸은 흙처럼 낮아진 곳에 있지만 잡념이 사라진 맑은 정신이 한없이 높은 곳으로 고양되는 정갈한 느낌은 맑고 고요한 수면을 들여다보는 듯 아름다운 슬픔이 어리어 있다. 좋은 시는 맑고 높은 정신을 작음의 큼, 여림의 강함과 같은 시적 진실을 다해 품위 있는 모어로 드러내는 일이 아닌가.

전통에서 이끌어내는 삶의 깨달음

시인은 견자라 불린다. 보고 싶은 것만 보는 사람, 보이는 것만 보는 사람도 많지만 견자가 보는 법이란 마음의 눈—심안으로 보고 온몸으로 대상을 취하는 것일 터이다. 좋은 시인이 되기 위한 첫 번째의 재능은 단연 이 보는 법의 터득이 아니겠는가. 무엇에서 무엇을 보아내고 그 보아냄에서 무엇을 인식해내는가.

이숙례 시인의 시각은 예민하고 섬세하며 그의 시선의 그물망은 무척 촘촘하다. 이러한 시인의 시선은 상당 부분 우리 고유의 전통적이며 문화적인 대상을 향하고 있다. 시인의 전통문화에 대한 사랑은 지극하고 그 전통을 오늘에 새롭게 해석하여 깨달음에 도달하려는 의지를 보인다.

이러한 시인의 눈빛은 시간을 지운다. 「달 아래 관음」의 시제가 천 년의 간극을 지운 현재진행형이었듯이 지난 천 년을 오늘에 다시 살게 한다. 과거를 오늘에 살리는 것은 과거에서 이끌어내는 삶의 깨달음이다.

비 묻어 몰려오는 불온한 구름에도
하루도 어긋남 없이 경 읊고 길을 열어
깊어진 묵란 향기로 마주한 푸른 눈썹

곧은 결 가지마다 시리도록 입힌 먹물
뿌리째 흔든 야욕 하늘로 장계狀啓 올려
앞섶이 풀린 민초들 타는 가슴 식히던 날

새 노래 들려올까 서성이는 낮달에게
속엣것 다 우려내 일필휘지 시문詩文 띄운
서슬도 검푸른 붓끝 또, 천 년 묵향 머금는다
―「푸른 독대獨對」 전문

전통적인 것을 향하고 있는 시인의 시선은 나를 지탱하고
있는 거대한 뿌리는 무엇인가 하는 물음에서 비롯된다.「푸
른 독대」는 오래된 한 느티나무와의 만남을 노래하고 있는
시조이다. 이숙례 시조에는 특히 식물의 상상력이 충만하다.
예로부터도 나무의 한살이에서 세상과 삶의 이치를 보았고,
정일품 소나무라 이름한 것처럼 기개와 학덕 높은 선비의 상

108

징으로, 연리목 연리지 연리근은 최고의 사랑의 상징으로 받아들여져 왔으며, 수령이 오래된 나무는 그대로 신성성을 부여받기도 한다. 간다라 미술에서 풍요의 남성상 '약시'와 여성상 '약샤'는 모두 나무의 정령을 형상화하여 만들어졌다. 그것은 나무에 신성성이 깃들어 있다고 여김이 동서고금을 통하여 다름이 없다는 것을 다시 한 번 확인시켜주었다.

우리에게도 마을 입구마다 마을을 지키는 오래된, 이러한 신성성을 간직한 보호수가 서 있다. 「푸른 독대」의 주인공은 '선비들이 공부하던 서당 옆에 있는 느티나무'라고 되어 있다. 그 느티나무는 "비 묻어 몰려오는 불온한 구름에도 / 하루도 어긋남 없이 경 읊고 길을 열어 / 깊어진 묵란 향기"로 "푸른 눈썹"을 마주하고 있다. "비 묻어 몰려오는 불온한 구름"은 무엇을 말하는 걸까. 그것은 민초들 가슴을 타게 하는 어떤 것이라고 되어 있다. 외세일 수도, 학정일 수도 있는 불온한 먹장구름이 몰려와도 나무는 길을 열고 "푸른 눈썹"으로 표현된 '푸른 하늘'을 마주하고 있다. 무엇이 먹장구름을 뚫고 꿋꿋이 이 강토를 지키는 느티나무의 길을 열게 했는가.

그것은 "하루도 어긋남 없이" 읊은 "경"이다. "깊어진 묵란 향기"를 가지고 있는 이 나무는 선비의 덕과 기상을 가진 나무로 나타나고 있다. 날마다 경을 읽어 옳은 길을 열며 곧은 심지처럼 곧은 결 가지를 가지고 있다. 그 곧은 가지에 나무는 시리도록 먹물을 입힌다. 먹물 입힌 그 곧은 가지는 곧 "뿌리째 흔든 야욕"을 파헤쳐 하늘로 올린 "장계"에 다름 아니다. 이 느티나무의 수령은 870년. 시인의 심안은 이 느티나무를 천 년 묵향 흠뻑 머금고 있는 "서슬도 검푸른 붓끝"으로 보아낸다. 전통문화에 대한 사랑이 깊은 시인은 지금의 나를 지탱해주는 거대한 뿌리는 내가 몸담고 있는 이 땅의 오랜 전통이며 전통문화라는 것에 깊은 인식을 갖고 있는 것이다.

그리고 이러한 시인의 통시적 눈은 "우리가 낳았건만 남의 손에 길들여"진 막사발 이도차완의 "뼈아픈 실금"을 읽는다. 그것은 우리의 뼛속에도 새겨진 실금일 것이다.

저 산 흙, 계곡물은 이 땅의 피와 살
그 피와 살을 이겨 티 없는 몸을 빚어
고려 숲 지켜본 자리 태어난 천목 막사발

조선의 도공 함께 유폐당한 이도차완
백매화 핀 굽 둘레 흰옷의 백성 닮아
무욕의 흙 발우 맨살, 남도 완창이 들릴 듯

우리가 낳았건만 남의 손에 길들여져
한땐 일본 무사들의 입 축였을 저 명기名器
그 입술 닿을 때마다 뼈아픈 실금이 졌을……
―「막사발 이도차완」 전문

「달 아래 관음」과는 달리 「푸른 독대」와 「막사발 이도차완」 같은 작품은 스케일이 큰 활달하고 훤칠한 시조미학을 보이고 있다. 거침없는 어조의 고시조에서 보이는 장쾌한 리듬감의 일단을 느껴봄 직하다.

인류의 삶, 인체의 구조, 우주적 모든 생명, 대지를 관통하는 신화적 시대의 율격은 4보격이라고 한다. 예로부터 우리의 삶과 정서를 관통하여 흘러 우리 고유의 시로 자리매김한 시조의 율격도 4보격인데 「푸른 독대」와 「막사발 이도차완」에서 맛보는 시원한 리듬감은 과연 우주적 생명을 싣고 대지를 관통하는 신화적 시대의 그 율격에 닿아 있는 우렁우렁한 느낌을 주기에 손색이 없다.

바지랑대 끝에 매디는 꿈 한 가닥

「달 아래 관음」 못지않은, 달을 빌려 삶의 애잔함을 노래

한 또 한 수의 아름다운 작품이 있다.

    한 줌의 섣달 햇살 쥐었다 거둔 자작나무

    잔가지 휘어질 듯 걸려 있는 보름달이

    뿜어낸 달빛 주파수 섬 하나에 접속된다

    가슴 밑 불협화음 소리 없이 허물어

    서산에 걸려 있는 위태한 난간을 잡고

    마감에 쫓기는 생의 야윈 어깨 감싸는 달빛

    하루를 내려놓고 저 달 바라보노라면

    뉘 몰래 참고 삼킨 눈물 어려 보이고

    먼 길을 돌아오느라 부은 발소리 들린다

─「섣달 보름」 전문

쥐꼬리 같은 "한 줌의 섣달 햇살"이 왔다 간 자작나무에 "잔가지 휘어질 듯" 보름달이 걸려 있다. 이 자작나무는 오늘 겨우 한 줌의 섣달 햇살만을 쥐었다 거두었을 뿐이다. 그러나 이 자작나무 가지에 휘어질 듯 걸려 있는 보름달은 담뿍 환한 달빛을 뿜어내고 있다. 그 "뿜어낸 달빛 주파수"는 자작나무 가지라는 섬 하나에 접속되고 있는 것이다. 이 자작나무 가지는 "마감에 쫓기는 생의 야윈 어깨"처럼 가녀리게 벋어 있고 달빛은 포근히 그 어깨를 감싸고 있다. 한 그루 헐벗은 자작나무를 포근히 감싸고 있는 보름달 빛이 환하게 보인다.

마지막 수에서는 자작나무가 한 줌 햇살을 쥐었다 내려놓음과 같이 나도 한 줌 섣달 햇살 같은 하루를 내려놓고 자작나무 어깨를 감싸고 있는 달을 바라본다. 그곳에는 "마감에 쫓기는 생"의 "뉘 몰래 참고 삼킨 눈물"이 어리어 있고 "먼 길을 돌아오느라 부은 발소리" 들리고 있다. 누구나 자작나무를 감싸고 있는 달빛에 어린 이러한 눈물과 부은 발소리를 보고 들을 수 있는 것은 물론 아니다. 생에 대한 깊은 연민을 가진 눈이 아니면 보아낼 수 없는 눈물, 생에 대한 따스한 사랑을 가진 귀가 아니면 들을 수 없는 소리를 시인은 이러한 고즈넉한 정경 속에 넣어놓았다.

'식물의 상상력'이라 이름 붙인 시인의 상상력에 또 다른
이름을 붙인다면 가히 '달과 강의 상상력'이라 할 수 있겠다.
달과 강은 모두 여성적 이미지의 대표들이다. 달의 움직임은
생성, 성장, 소멸 등 자연의 순환을 알려주고 달의 주기는
여성의 주기와 일치하며 자궁 속 태아의 잉태 기간도 이에
근거한다. 농사의 절기도 태음력으로 맞추지 않는가. 죽음의
여신으로 인식하기도 했지만 서양에서도 달은 역시 다산의
여신, 소생의 여신이었던 것이다.

달과 강의 상상력에서 달은 생의 야윈 어깨 감싸주는 고요
한 위무의 역할을 담당하지만 강은 달보다 훨씬 더 적극적인
것으로 드러난다. 시인의 시선은 현대라는 여기 지금을 살아
가는 우리의 "새벽녘 잠든 도시 깨워가며 흐르는 강"의 "푸르
게 출렁이는 물", 그 도도한 흐름 속에도 드리워져 있다.

새벽녘 잠든 도시 깨워가며 흐르는 강
가슴을 풀어 헤쳐 진 데 마른 데 짚어간다
오늘도 잔가시 박힌, 절반의 그늘 햇살 들까

푸르게 출렁이는 물, 도도히 흐르지만

우수기 누수처럼 잡힐 듯 잡히지 않는
임시직 헐렁한 자리 찬바람만 드난살이다

단내 나는 속울음 삭여둔 기슭마다
반만 채운 하루해가 젖은 낮달 말리면
세워둔 바지랑대 끝 꿈 한 가닥 매단다
　　　―「하루의 강」 전문

　나날의 일상을 이어가는 '하루'라는 강, "가슴을 풀어 헤쳐 진 데 마른 데 짚어가"는 그 시선이 찾아가는 곳은 "절반의 그늘"이다. 가슴을 풀어 헤쳐 진 데 마른 데 짚어가는 시선은 어머니의 시선일진대 어머니의 시선은 언제나 빛보다는 그늘, 기쁨보다는 슬픔, 행복보다는 불행, 잘사는 자식보다는 못사는 자식에게 맞춰져 있다.

　미의 여신 비너스의 남편은 가장 추남인 헤파이스토스이다. 이처럼 미와 추는 한몸이다. 왜 언제나 빛의 절반은 그늘이요, 기쁨의 절반은 슬픔, 행복의 절반은 불행인 것일까. "하루해"는 왜 "반만 채우"고 지는 건가. 낮은 왜 밤과 함께 하루를 이루는 건가. 그리고 그 절반의 그늘 속에는 왜 늘 잔가시가 박혀 있어 언제나 고통으로 우릴 찌르는 것일까. 우리는 왜 기쁨을 완전한 기쁨으로, 행복을 완전한 행복으

로, 빛을 온전한 빛으로 받아들이지 못하는가. "찬바람만 드
난살이"하는 "임시직 헐렁한 자리"와 같은 우리의 삶의 이면
에 있는 함정은 어떤 것인가.

하루와 한 달, 나아가 1년을 똑같은 일상이 날마다 반복되
는 것은 현대인에게 가해지는 삶의 폭력이다. 더하여 임시직
헐렁한 자리의 찬바람 속에 있는 일상의 삶은 그대로 어둠과
쓸쓸함의 "단내 나는 속울음"으로 점철되어 있다. 시조「하
루의 강」에는 이러한 어둠을 위무하는 어머니의 따뜻한 시선
이 "속울음 삭여둔 기슭"을 가진 강이라는 몸을 얻어 흐르고
있다. 강은 겸허의 상징, 끊임없이 몸과 마음을 갈고닦는 수
신의 상징이기도 하지만 끊임없이 움직이는 역동성의 대표
주자이기도 하다. 남성의 육체는 강인한 상체로는 전쟁을,
부실한 하체로는 그 전쟁의 무력성을 동시에 암시하기도 하
지만 변화, 움직임, 자유, 용서, 화해까지를 껴안는 여성의
육체의 곡선은 결코 포기를 모르는, 쉼 없이 흐르는 강의 흐
름과도 닮아 있다. 그 어머니의 역동성은 힘겨운 현실의 삶
속에서 "바지랑대 끝 꿈 한 가닥 매다"는 것을 잊지 않는다.
꿈으로 인해 인간의 삶은 현실의 절망을 이기고 끝없이 거듭
나는 것이 아닌가. 꿈은 하루하루의 힘겨운 삶을 영위하게
하는 원동력인 것이다.

이숙례 시조의 현실감각은 현실을 불편하게 비틀거나 고

발하거나 꼬집는 섣부른 정치성을 보이지 않는다. 표피적인
현실이 보여주는 것은 내면의 깊은 의미이며 얕은 현실은 깊
은 내면의 알레고리가 되어야만 하는 것이다. 삶의 야윈 어
깨를 위무하는 달과 세상의 진 데 마른 데를 짚어가는 강은
강함을 이기는 부드러움의 가장 강력한 알레고리임에는 틀
림이 없는 것이다.

의젓하고 너그러운 여성성

이숙례 시조의 그윽함의 깊이에는 의젓하고 너그러운 품
성이 언제나 함께한다. 「푸른 독대」와 「막사발 이도차완」 들
이 선 굵은 남성적 스타일이라면, 앞서 본 「하루의 강」과 「섣
달 보름」을 비롯해서 「곡선의 손을 읽다」 「하늘 외등」 「저녁
숲에 들다」 등의 시조들에서는 사랑과 배려, 헌신과 희생의
다른 이름인 모성이 의젓하고 너그럽게 열려 있다. 모성은
결코 가녀리거나 연약하지 않다.

샘물 길어 나르느라 등이 휜 하현달이

가난한 부뚜막에 살을 깎아 빚은 송편

둑방 길 꽃향기 들고 동네마다 나른다

문고리 거는 소리에 산을 넘어가는 고요

길 없는 암흑 세상 더듬이로 읽을 동안

때로는 눈을 감을 때 열려오는 길이 있다

어둠도 지쳤는지 가부좌 풀린 하늘

초고층 모서리를 끌고 가는 배 한 척

낮에도 외등을 켜고 은하수를 건넌다
　　　　―「하늘 외등」 전문

"샘물 길어 나르느라 등이 휘"기도 하고 "살을 깎아" 송
편을 빚고 "꽃향기 들고 동네마다 나르"며 "길 없는 암흑 세
상 더듬이로 읽"고 길을 찾는 것은 하현달이다. 초승달을 지
나 상현, 상현을 지나 보름달, 보름달 이운 하현달은 세상의

신산을 겪을 만큼 겪어 그 품이 어머니와도 같이 넓어진 푸근한 여성을 떠오르게 한다. 이숙례 시조에서 자주 등장하는 '깎다', '헐어지다', '닳아지다'와 같은 시어들도 희생 혹은 헌신을 보이는 여성적 시어들인 것이다. 그 여성성은 어떠한 어려움 속에서도 길을 찾고 길을 여는 것으로 나타난다. 그리고 때로 "길 없는 암흑 세상"에서는 "눈을 감을 때 열려오는 길이 있"음을 찾아내는 관록의 슬기로움도 간직하고 있다.

그렇게 연 길로 그 하현달은 "초고층 모서리를 끌고 가는 배 한 척"으로 묘사된다. 초고층 모서리를 끌고 가는 배 한 척처럼 모성은 언제나 그렇게 있는 것. 현기증 나고 복잡하지만 모두들 삭막하다고 느끼는 초고층 같은 이 시대의 현실적인, 혹은 영혼의 삶을 끌고 가는 여린 듯 드러나지 않는 그러나 강인한 힘인 것이다. 그들은 또한 "폭풍우 흙을 움켜잡고 비스듬 기운", "검게 박힌 옹이들"(「곡선의 손을 읽다 1」)을 간직한 나무로 나타나기도 한다.

노을을 품을수록 더 짙은 숲의 고요

금빛 손 흔들며 뭇 생명 불러들여

키 작은 눈물도 안아 슬하에 재워두고

돌아온 나이테의 지문 닳은 꿈들에는

먼 산사 쇠북 소리에 얇은 귀 담금질로

풀릴 듯 얽힌 미로에 별빛 문양 선연하다

서로 더 사랑하려 팔 길게 내밀다가

달빛 가릴 풀꽃 생각에 잔가지 솎아내는

수심이 깊은 저녁 숲, 새 떼들도 날아든다
―「저녁 숲에 들다」 전문

　식물의 상상력으로 충만한 시인의 상상력은 그러한 넉넉한 모성들의 집단인 숲에 와서 더 빛을 낸다. 선사시대부터 주로 여성성은 군집해 있고 남성성은 흩어져 있는 것으로 나타난다. 동굴벽화에 군집해 있는 들소와 달리 말은 흩어져 있다. 신성한 여성성의 나무가 군집해 있는 저녁 숲은 "뭇 생명 불러들여 // 키 작은 눈물도 안아 슬하에 재워두고" "잔가지 솎아내"기도 하며 "담금질"로 꿈을 새기고 있는 지상의 크나큰 어머니의 품이 아닐 수 없을 것이다.

시조 「저녁 숲에 들다」를 비롯한 많은 작품에서 자주 쓰인 시어는 '꿈'이다. 꿈은 현세에서 초월의 세계로 들어가기 위한 중간 매개물의 역할을 담당한다. 신성을 가진 나무의 꿈은 인간과 하늘을 이어주는 영매로서의 꿈이 틀림없을 것이다. '오랜 나이테'로 보아 저녁 숲에 서 있는 나무들은 모두 오래된 어머니의 나무들이다. 그 나무들의 나이테에는 "지문 닳은 꿈들"이 있고 "먼 산사 쇠북 소리"로 끊임없이 담금질하고 있는 그 꿈들 속에는 어떤 신성의 표지인 양 "별빛 문양 선연"히 빛나고 있다.

생명의 미학

이러한 여성성의 품위를 간직한 이숙례 시조미학이 가고 있는 지향점은 어디인가.

시인의 전통문화에 대한 사랑은 이미 언급되었다. 이러한 전통문화에 대한 사랑은 빈 뜰에 버려진 낡은 돌절구 같은 일상의 사소한 물건들 속에서도 발견되는데 이러한 과거의 것들이 오늘에 주는 많은 의미 중 가장 두드러지게 드러나는 것은 새로운 생명으로 재탄생됨의 발견이다. 여성성의 궁극은 이렇게 새로운 생명에의 창조에 가닿는다.

이끼에 덮인 옛일 한숨처럼 새 나오는

친정집 빈 뜰 한켠 낡은 돌절구 하나

구석진 적막의 그늘 휘감고 앉아 있다

해와 달 스친 만큼 몸 닳아 얽어진 몸

그 오랜 시간에도 옛 흔적은 남아

돌확에 빗물 고이는 푸른 생각 깊더니

흰 떡쌀 빻던 절구, 쌓인 고독 비우려

떡쌀 대신 흙을 받아 새 생명 키우는 기쁨

저 심연深淵 하늘 보란 듯, 수련 피워 올린다

“친정집 빈 뜰”을 지켜 “구석진 적막의 그늘 휘감고 앉아 있”는 낡은 돌절구는 “해와 달 스친” 오랜 세월만큼 몸이 닳아져 있다. 이런 돌절구는 집집마다 다 있었던 것은 아니지만 마을에 몇 집씩은 있어 온 마을 사람들이 돌아가며 명절이나 잔칫날 떡을 치고, 곡식을 찧고 빻고, 삶은 메주콩을 찧어 청국장을 만들었다. 고추 갈아 김장하던 대가족 식구는 물론 마을 사람들을 먹여 살리던 것이었다.

우리와 우리나라, 우리 역사를 먹여 살린 성스러운 곳, 성소와 같았던, 어머니의 재산 목록 1호이던 그 돌확은 그러나 지금은 울퉁불퉁 다 낡아 있다. 그 돌확에 빗물이 고인다. 다 낡은 돌확이지만 사실 빗물이 고인 돌확, 꽃이 떨어지고 열매가 떨어지고 낙엽이 쌓인 돌확, 눈이 소복이 쌓여 있는 돌확은 얼마나 예쁜가. 시인의 눈은 지금 나의 소중한 힘이 되어주고 있는 어린 시절 기억의 원천이었던, 그래서 더 애틋한 돌확에 머물러 있다. 그 돌확의 “푸른 생각”을 읽어낸다. 돌확의 그 푸른 생각은 그대로 생명을 먹여 살릴 양식을 만들던 것에서 “흙을 받아 새 생명 키우는 기쁨”으로 실현되었다.

이처럼 시인의 시조에는 진흙 속에서도 천상의 꽃을 피우

는 수련처럼 버려진 것, 닳아진 것, 오랜 세월 이끼 덮여 쓸
모없어진 것들이 고귀한 새 생명으로 돌아오는 기쁨을 안고
있다. 이 돌확은 심연의 깊이를 가지고 있는 것으로 나타난
다. 생명의 기름과 창조—이 돌확으로 시인이 보고 있는 것
은 얼마 안 되는 깊이의 돌확이 가지고 있는 심연이다.

고향 쪽 돌아눕던 강 노을이 붉게 탄다
다 닳은 목숨의 지문, 모천母川에 흘러들어
찬란한 절명의 산란産卵, 불립문자不立文字 몸 허문다
—「역류를 탄다, 연어」 마지막 수

어둠의 무게를 인 순장의 긴 시간
흙 속에 묻힌 언약 비상의 꿈만 꾸다

적막의
날에 베어져
발톱 물러진 시간들

지나간 사람들의 그림자만 자욱한
몇천 년 잊혀졌던 한 하늘을 기억해

발소리 숨을 죽이며
안으로만
붉히다

뜨거운 땀방울로 색색 조각 덧댄 지상
승천 못 한 백치 울음 시간의 벽 허물어

스스로 살을 찢으며
깨어나는
아라홍연
―「개화몽 1―아라홍연」 전문

역류를 타는 연어가 "목숨의 지문"이 다 닳도록 흘러가 닿
고자 하는 곳은 어디이며 거기서 꿈꾸는 것은 과연 무엇인
가. 목숨의 지문이 다 닳도록 흘러가 닿고자 하는 곳은 생명
의 리듬을 간직한 강, 즉 고향의 "모천"이며 거기서 꿈꾸는
것은 바로 "절명의 산란, 불립문자"로 몸 허물어 스스로 또
다른 생명을 낳는 일이다.

구조주의적으로 말하면, 혼돈의 뿌리는 텅 빔이며 있음의
뿌리는 없음, 기억의 뿌리는 망각이며 삶의 뿌리는 죽음이라
고 하였다. 비움이 있어야 채움이 있고 없음의 개념이 있어야

있음의 개념도 성립되고 잊음의 자리가 나야 새로운 기억이 들어오고 죽음 뒤에 새 생명이 태어나는 것이다. 스티브 잡스는 "죽음은 삶이 만든 최고의 창조물"이라 하였다. 생명의 태어남으로 인해 죽음은 삶의 최고의 창조물이 될 수 있는 것이다. 절명, 불립문자로 몸 허묾은 왜 위대한가. 그것은 바로 산란, 또 다른 생명을 낳는 일이기 때문이다. 생명은 삶의 환희이며 형이하학인 동시에 최상의 형이상학이 아닐 수 없다.

혹은 "스스로 살을 찢으며" 칠백 년의 잠에서 깨어난 아라홍연이 말하는 것은 무엇인가. 시조 「개화몽 1」은 전설 같은 잠에서 깨어난 아라홍연에게 드리는 시인의 보답일진대 간직한 꿈이 얼마나 간절하고 깊고 맑았으면 "몇천 년 잊혀졌던 한 하늘을 기억해" 그 깊은 잠에서 깨어나 꽃 필 수 있단 말인가. 버려진 돌확에 피어나는 수련의 영혼은 얼마나 맑은 것인가. 나날의 명징한 눈으로 들여다보고 명징하게 드러내는 시인의 심안은 또한 얼마나 맑고 깊은 것인가. 지금도 태어나고 기뻐하고 사랑하고 그리워하고 슬퍼하고 죽어가는 수많은 반짝임으로 강물 위에 햇살이 흐르고 있다. 가열하고 치열했던 역사를 다 살아내고 현재에 이른 인류에 대한 우리의 보답은 무엇인가.

이숙례 시인의 시들은 거의 3수, 4수가 대종을 이루는 연

시조들이다. 그만큼 긴 호흡의 시상을 이끌어가는 역량이 돋보인다.

사상事象은 단순화, 상징화, 추상화하고 배후의 의미는 복잡화하는 우리의 전통미는 절제와 압축을 최고의 미덕으로 하는 시조에도 그대로 나타나 있다. 그러나 시조는 이렇듯 보일 듯 숨기고 숨길 듯 보이는 절제미와 함께 또한 거침없는 토로의 활달한 리듬감도 갖고 있어 여성미와 남성미를 아울러 갖고 있는 뛰어난 우리의 시인 것이다.

시인의 제7시집인 『달 아래 관음』은 이숙례 시조의 새로운 발견으로 읽힐 만하다. 그 발견은 이숙례 시인만이 가진, 생명의 리듬을 갖고 있는 달과 강과 숲의 아름다움에 대한 것이었다. 넉넉하고 부드러운 시심과 섬세한 언어의 정련으로 감성과 사유와 품위가 하나로 어우러진 이숙례 시조미학이 더욱 빛을 발하길 기대해본다.